U0781369

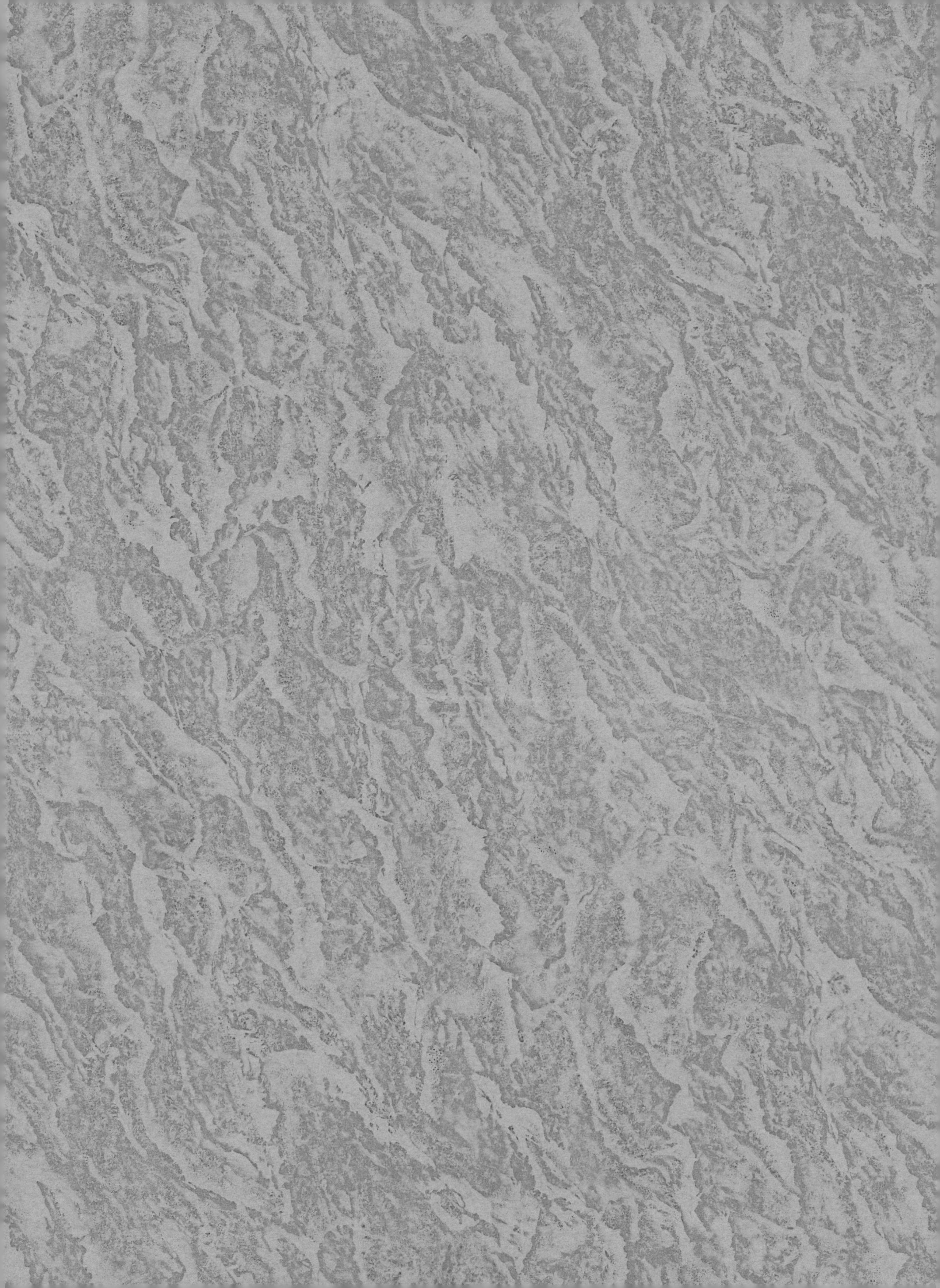

宋紹定井闌題字冊

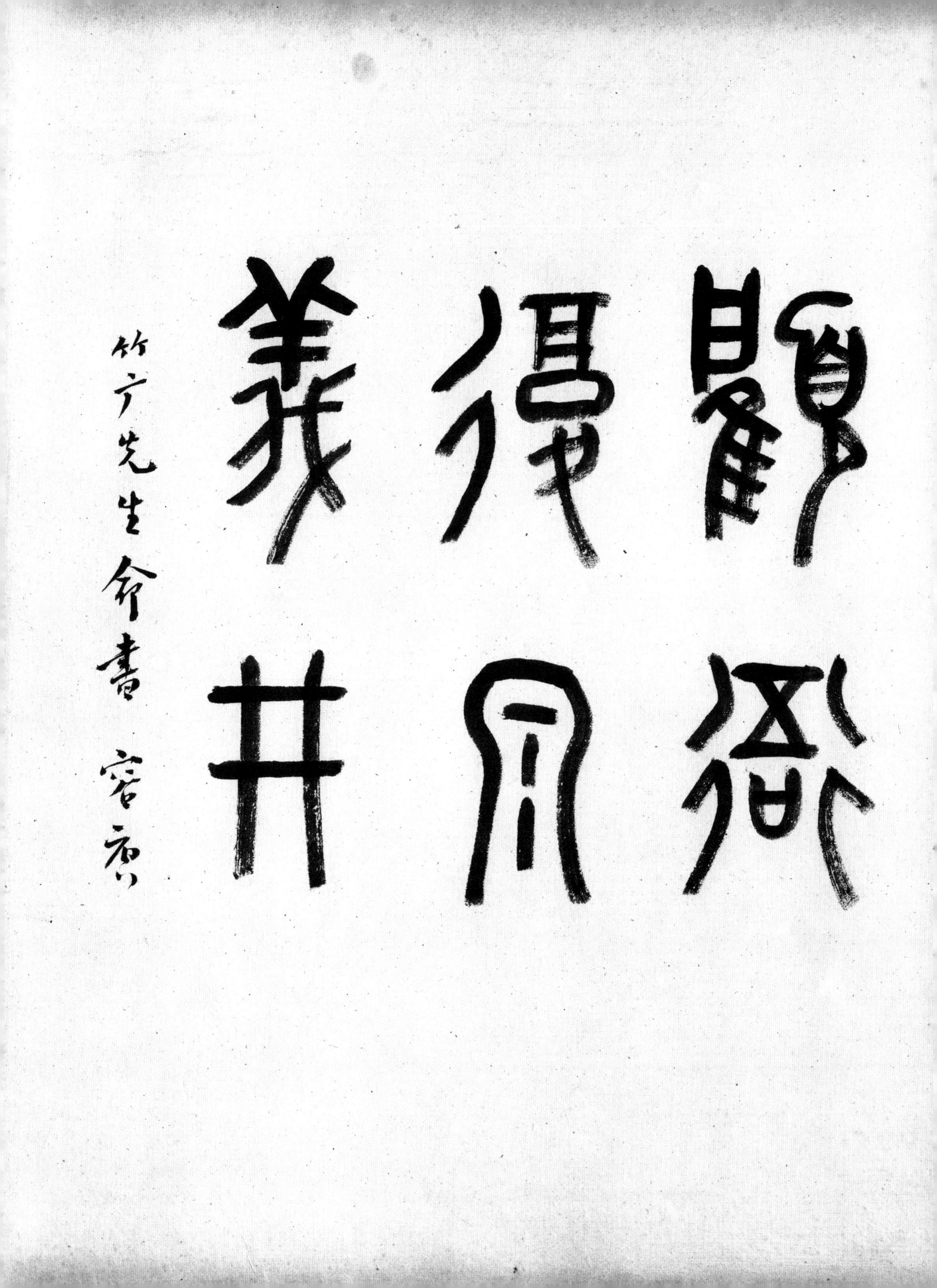

觀[illegible]得[illegible]義井

竹庵先生命書　容庚

復泉山館後記

余曩讀吴縣　顧君起潛著述久契其學問而　君早歲負笈燕京大學卒業後旋掌校中典籍南北睽隔未相習也自遭丁丑國難余避地滬濱己卯　君亦南歸應葉揆初先生之招任職滬之合衆圖書館余始識　君於葉先生席上及館舍落成與余寓居又近在咫尺因時得奉手今　君復以先德　竹庵先生之遺墨及宋紹定井闌拓本題記卷册與夫行述墓志見示不以余之固陋屬為復泉山館之記復泉山館者蓋即因宋紹定井闌題字而起也先是　竹庵先生兄弟奉親養志侍　蔭孫翁卜宅蘇州城中嚴衙前之東當經營之頃於荒榛瓦礫間發見古義井闌剔蘚摩挲周刻文字知為宋紹定三年沈某以其妻王氏産難而亡鑿茲義井普施十方後更有顧衙復泉四大字則明崇禎七年所勒也蘇城多有以第宅稱衙而即以姓氏系之者是此井昔已為　君家所有矣　竹庵先生爰以井闌置於宅中結蘅草廬之東序而顏其室曰復泉山館命　起潛拓其字蹟繪圖徵題以寄意余嘗讀金石文字覺宋元人造橋開井多為追薦亡者而作此較六朝造佛象李唐建經幢同用以資冥福者為有實際於世矣　顧氏世代清德家風儒素　竹庵先生篤於内行劭學工書展其遺墨淵雅冲穆想見其風度具幹濟才有志於經世而未竟其用居平以利濟為懷儉於自奉博於所施蓋其學行足以閭後而型家為鄉黨之望元配　王夫人懿德淑行志銘能傳乃生　起潛昆仲而未及見其成立吾知　先生讀沈某紀念其賢儷之辭有必黯然而神傷者矣然　起潛恂恂儒雅治學甚博而尤竺於金石流畧善繼清芬珍護遺澤南北奔波不改其度仍兀兀窮年閉户讀書不輟余以不才得相守於荒江寂寞之濱披誦　君之所述洎卷册備讓流風餘韻益深欽企之思矣嗚呼此井闌之經歷已及八百載宋之紹定明之崇禎皆將玄黄反覆之秋而今者又際風塵澒洞之會夫剝極必復易曰復其見天地之心泉為智水本源有自他日海晏河清　起潛言歸故宅棣萼聯輝肯堂肯構食德服疇追念劬勞仰承先志於是啟讀楹書重撫樂石攄蓄念發幽情其必能出其所學更宏著述而偉為國光則此復泉山館者實有關於家國之故矣余遂不辭而為之後記中華民國三十二年五月九日金山姚光

宋井闌顧衡
復泉圖
庚午六月
竹庵姻丈屬畫
吴湖帆

義

歲乙卯　先君子營新第于嚴衙前之東朱竹石觀察
故居也方葺西院余偕伯兄菊畦材弟杏林隨侍循
視瞥見一井欄石盎然入古剔蘚摩挲文曰顧衙復
泉　先君子詔之曰此即葉年丈緣裳侍讀所謂千
于荒榛瓦礫中竟不可得者不圖發現一旦物之顯
晦殆有時乎遂相顧訢喜妥置於結蘅草廬之
東序額其室曰復泉山館兼與於瀆橋管氏亭
泉對峙焉攷復泉之著於錄者侍讀以外有程稚
衡吳郡金石目謂顧衙復泉井欄題記紹定三年
正書在對門望信橋邊馮桂芬府志金石門誤入

復泉山館

天賜莊義井題記不知天賜莊另一義井僅刻年
月並無題記且其文駁泐不可辨孫伯淵寰宇訪
碑錄亦謂天賜莊前義井題字正書紹定三年十
二月江蘇吳縣等語正皆誤二而一也實則衣冠優
孟不可強同長子廷龍喜究金石文字因令携氈墨
椎拓全欄諦案繹讀欄為八面每面二十六公分乘
五十四公分自復泉而左次曰義井再次則題記小
字畧有剝蝕凡七行字數不等曰長洲縣武丘鄉彩
雲里春下泐行夫沈□□□行亡妻王氏二娘法名妙淨享
年三十歲□行月二十日為生產在本家身亡同父王

口行口建造義井普施十方所得諸功德行匹妻名
妙淨承慈行紹定三年十二月日謹題行共占五面
程氏未嘗備載按欽記長洲縣武丘鄉云云為今之
常郎塒近不知此欄何以轉展在葑溪細覈記中
生產下三字似為本家身已同父王口口建造義井
疑武丘鄉為已者之夫家匹者歿于母家或在嚴
衙前與天賜莊之間其夫其父同建井于此乎柳嚴
衙前原為積慶寺前巷民間浚井必舍叢林令寺
廢而欄存乎韓曾祖姑丈履卿部郎謂宋元人造
橋閘井多為追薦而作此亦其一也惟復泉右面刊

曰顧衛有崇禎七年四月字樣程葉兩家均未之及嘗
閱顧景濤吳門表隱有顧桂里麒自常熟移居天
賜莊研精經學隱居教授鄉謚文莊又顧湘舟吳
郡五百名賢圖贊有顧宗孟字巖叟長洲人居天
賜莊少孤母莊守節教之萬厯間成進士今顧衛兩
字不出于彼即入于此哉二公中有為之主者乎然非可
臆定始志待攷夫井欄鐫字始見於梁天監丙子至
趙宋而極盛與六朝船象李唐之經幢同用以資冥
福故宋欄之在我吳中至今存可十數其題記輙
曰施舍而以亡於産者為尤夥夥今俗稱婦人多生

育亡後須入血湖池池有高城以扃固永墜冥劫于
是釋家糊彩紙爲城調水糖爲湖衣鉢袈裟戟
指祖說旋即劙其城啜其水以爲池涸而靈超脫与
前人造井之義若合符節往時民俗不見載籍執
此例彼彷彿十一宜古物之可寶也已吾家井欄埜
失楚得樂石良緣似有前定惜不克起侍講而一
与質證余自丁巳迄今幾更憂卹不遑筆札越十
有五年始屬兒曹打而出之識其顛末回憶恭聆
庭誨不復可得執筆爲之泫然己巳十一月顧元昌記
于復泉山館子廷龍廷鳳侍

六朝人以造像为功德唐
初以善業泥为功德復以
建經幢为功德造橋梁
井以便民为功德人之為
善雖小如家苟能擴而充
之足以保四海矣此圖是
文所闕後泉保復刻以物
所以不亦緣已

庚午五月初孫
頌祁

顧衙復泉井欄題記題辭

竹庵先生宅嚴衙前得井欄為紹定三年沈棠之妻王氏二娘法名妙淨以產雖已建造義井普施十方又大書顧衙復泉則崇禎七年四月也嚴衙之稱以相國衲著顧衙無聞攷蘇州府馮志顧侍御宗孟宅址在天賜莊旁又考宗孟成萬曆乙未進士其擢御史在天啓末蘇州府謂韓衙宋衙皆以宅故 竹庵之結衛州盧或以為即侍御故宅而今蘇人仍以相國故稱嚴衙除井外顧衙之名不見於書因考其由來而係以詩句

古蘚垂花井幹膺一衙分占嚴與顧々家侍御啓禎相系出臨澧當日溯衙前習井費剔搖百戶一汲廿泌腑幾

迴通閑今來復歷々三朝懸記露沈郎綵々客錫館濱瘧

滴退陪前土手鑿々義井紀石欄福石唐捐功德普妻名兜妙淨盛佛

知慰生前拆齷苦紹定三年迄崇禎井梧葉落無人數但聞

官貴奪衙名玉謝也冠變新攸侍御不屬唯亭文舊

衙礎砌甬無侯一朝暗井出牆角荆艸竟被竹庵睹欣然課子

施甎甃物理顯晦溯神助頓衙名字久湮楮坊巷以然待

子補烏虖改邑不改井紹定於今真旦暮

庚午七月吳江金天羽鶴望

眢井屬姚亨屬管復泉忻貯復泉
館奇廢井湮石獸存物理未容鞠聚
戳細剔蒼蘚相摩挲語石敢補奇
觚短者閱天寶劉鎖闌淳化續鐫
望都鄚茲來南渡紹熙治明季頹
衛亦附歎武陵贊望知同宗楚弓楚
得恰承纘而今拂拭共庭宇汲綆短檔
失良伴梧桐秋雨寒不波生觀今我留
題嬾

庚午仲秋月爲

五行定誤作熙

竹菴娟倩屬題并希 指正

董寅王懷霖 書於延陵之樂壽堂

吾吴古井欄之有字者見於郡志及諸家著録不下數
十品類皆湮沒於荒榛殘礫中今
竹庵二丈於嚴衙新宅獲得井欄一座正書義井二字
并有題記七行文雖模糊猶可辨認者係夫沈某悼其妻
王氏產難而亡為鑿義井普施十方以薪功德末題紹定
三年十二月其為南宋古蹟之僅存者可寶一家奇者井欄
文有顧衙復泉四字題為崇禎七年四月顧衙之名雖不著
而復泉則見於郡志及有清諸家著録迄未能實指井欄之
所在或以為在天賜莊者蓋以別有一井而沿訛也今於嚴衙
得之則所謂顧衙者或即在附近里閈歟楚弓楚得物之顯
晦殆有時歟可寶二爰略為叙述而系之以詩
六朝造象唐經幢古搨流傳資樂石江南石刻今影顯桂之

井欄留遺跡於瀆橋邊有亭泉訪古曾到管氏宅後泉
一井鳳開名葉氏語石尋不獲古物顯晦殆有時一朝出土
奇嘖嘖拂拭苺苔文字顯題記七行堪致釋沈郎表揚賦
鼓盆營奠營齋痛影隻為鑿義井蘄冥福不惜蚨飛
錢千百里坊掃擩取攜便如飲瓊漿與玉液十方普徧功
德圓聊慰亡魂愴天碧紺定年歸究於存古蹟既霾
倏赫燁勇署銜與後泉主人為誰難詳徵或曰碩
氏名宗孟曾於此里駐屐為我對此說猶存疑致證尚待
解人案崇禎洎今三百年風塵傾洞滄桑易主人仍歸碩
禿頭髮歸秦庭完趙璧如此奇緣亦前緣傳與子孫永
亡斁

庚午仲冬之月猛柏年跋於選漢符館

子頡剛侍

吳中華胄仲陸碩三國人尤廿蟬竹陸家
舊宅千餘年（單家巷陸氏宅晉室　謂余尚三國時故址）碩家誰識
將軍墓（上將軍陸碩葬墓在穹窿山　李君卯泉訪而封之求其後）乃望信橋邊有
後泉楚乃楚得泉其故竹庵昔去春摩挲
今年鐔椎劉壓土雜蕪著錄語不詳緣楚
披榛宋豈露碩衙劍氣合延津楚乃
楚得豈之王醋坊巷前鄭鎬闌東小橋
頭施判注黃牛坊西景定鐫獅林寺
中闌慶著王老媽歎跡必達蘇城左
井以十數何如此井屬君（家）珍比夔球堪

搏樹來從佳石剎獰亭殷殷雷聲
地中鼓 辛未清明節後
竹庵姻世仁兄命題 東吳張丁蘗

第六行楚字乃楚之得係珠還合浦四字之誤

井闌題字郡中傳杉瀆橋頭暨畫禪不意瀆泉南渡刻
重經出土頤衙前楚弓得失稱奇事宋石遭逢有舊緣
獨惜披榛歐趙侶天池宿草滿新阡 緣背文葬天池山
竹庵表兄大人屬題 辛未仲春王季烈

石闌留古刻鷹福仗瞿曇止水盈盈在悲懷息息探顧衙
傳妙識藐苑佐清談恐有鐵函史重逢鄭所南
竹庵尊兄先生教正 辛未二月霜厓吳梅書於百嘉室

辛未長夏偕希白錫永二兄訪古吳中蒙
竹庵先生招飲於嚴衙新宅獲觀此冊風
流餘韻足繼前踪寫此以志景往中舒謹記

辛未六月番禺商承祚拜觀顧衙復泉井欄于復泉山館

二十年八月吳興許厚基敬觀

江左井闌文字自以梁天監為魁首宣統初元浭陽尚書部輦致舊京改革以來浭陽長物盡出殆不可蹤迹矣程氏吳郡金石目著錄井闌之在郡城者自宋元迄凡二十有七可云極盛顧氏復泉久湮竹庵先生奉親養志卜宅於嚴衙前復泉乃重出於榛莽中此德門瑞應也繹復泉命名之義蓋崇禎中重浚義井以紹定舊闌覆其上故題曰復泉今日楚弓楚得竊願竹庵先生趾美前徽重施義井題名闌右為顧衙增一故實輝映三朝不尤為盛事歟辛未秋七月江甯宗舜年敬題

梧花落盡蘚痕新題字摩挲迹未陳訪

舊泉逾於瀆古傳家石〻鬱林珍草堂

已喜移居了素纏真期取汲頻我正息

機思抱甕結茅何計得為鄰

竹菴先生正題　壬申五月汪榮寶

故家文獻一國精神之所寄也賢子孫摟拾物

〻叢殘闕佚者而保守〻使一族之人食德服疇

之念油然而生則根柢深厚國家必受其益吳中

舊姓首推顧陸鬱林片石至今以為美談

竹庵先生篤雅嗜古尤惓惓於先德此石此圖可

以後先媲美矣　無錫許同莘

廿有一年六月廿有一日吳興錢玄同敬觀

秀州黃子通拜觀

同日績谿胡適敬觀

莽蕩乾坤換　題存古義泉　瓶沈傷短綆　語長留秋煙

想象千家汲　摩挲幾字全　孫馮如可作　識為證遺編

竹丈先生正題　二十一年千夏　筆亭追學聞宥

舊蹟重新屬故家　自有方志辨都差　從教好事爭搜者　不數嚴衢數碩衙

竹庵姻丈教正

同郡後學郭紹虞拜題

清門屠展擅風流斷礎零縑遠代搜梧葉何年金井墮草堂容我玉山遊挈餅守智懷先澤識字耕田服舊疇绝賸陶齋編目富看他華屋已成邱

潘昌煦拜觀並題

天水蒼茫一碧哀彩雲故里半蒿萊世家名蹟應珍惜惆悵胡僧辨刦灰

竹庵先生世大人教正

堦青俞陛雲

吾郡城中舊井闌極多散筴所收拓本計宋代者七（紹興 淳熙 嘉定 紹定 景定 咸淳）元代者二（大德 至正）不詳何代者四此記紹定年者即其一也鐘塔所施不出城中坊巷而此刻文乃有庸正鄉采雲里等字蓄疑者久矣茲承年家竹厂碩丈寄示全拓方知近在巖衖為新居所有考訂詳明頓開牖見後刻頤衖溲泉四字尤為吉祥此郁氏真義井記有日繁榮重慶指心而授竊舉其詞為高門頌焉

壬申臘月初吉長洲章鈺舊都織女橋寓齋記

義井闌題紹定初八功德水近何如傻教客至爭投轄豈為王明始卜居派衍肩頭綿世澤視同龜甲實殷墟三吳樂石多淪沒珍重傳家一草廬

竹庵先生兩政　廿三年一月衢縣祝廉先題杭縣吳雷川書

義井留題紀宗明碩君風雅考研
精蘚花别盡泉名出山館誅茅正
落成濟人功德十方多古刻斑
斕字未磨借問碩衙何處是
空留故物好摩挲
竹庵先生屬題 癸酉春初商衍瀛

中原曾看渝射虎南度衣冠覲見偽安誰辨當時一井闌 顧衙風物今
猶昔詩引新泉望往迹邊 更閱興亡幾百年 醜奴兒
竹庵先生教正
秀水香 蘭敬題 維時灤東告警不覺其言之悲也

禹域從來閩蜀西地烽烟时起伏文字頻經劫火餘漢唐碑碣
傷陵谷玉燭調時海宇清地不愛寶晦復明剔蘚斸苔資考
訂者輩乾嘉負重名復泉井闌獅最古韜晦而今始出土呵
護冥中有鬼神舊物應教歸舊主落痕斑駁細摩挲拓
本烏金不厭多始信野王勤汲古旁稽博證無稍訛闌上紀
年宋紹定沈氏延妻名妙淨誓施功德遍十方菩提果待來生證
崇禎至今三百年久塞當開理固然井築盆城思灌子天留靈瑞
應孫權望信樯邊百十戶挈瓶抱甕常相聚不待醍醐灌
頂來能使清涼生肺腑憶昔經過杉瀆橋亭泉屬管井磨
姥台德服疇堪媲美以儀華胄更遙遙草廬勝似浯溪宅
王謝高門延世澤循闌朝夕自低徊碩君壽考同金石
竹庵先生教政　癸酉驚蟄日康先祝文白重題

娃鄉人去苔空綠功德莊嚴翠墨痕如是西湖第幾
泉小桃風縹嬰麻冷於瀆橋邊曾照朱顏一刹含閣
十五年　采桑子

余舊居於瀆橋咸謂亦井猶在為名人題詠殆遍余亦有詞云起
踏又步此索題輒書了年應
竹庵先生教忍矣忍矣念益深矣　癸酉六月張爾田

二十二年三月三日後學永嘉劉節拜觀
義井曾題舊石欄千年遺事說漫漫
重將泉石開新第臺構依稀辨益難
頓衢風物似嚴衢望信橋邊第幾家
合是復泉留古刻等閑品尺在天涯
漫題二絕即希
竹庵先生教正　劉節又記

莫問嚴衙與碩衙石欄題字認橫斜沈郎義井沾同巷底事紛紛屬碩家伊誰好事汝泉名留得原題兩美并（崇禎間題碩衙浚泉四字蓋例屬義井）剔蘚劚苔今有主從前墩姓不須爭風尚依稀紹定年天然位置室東偏亭林祠畔開成石等是奇緣亦古緣（舊都慈仁寺西側碩亭林先生祠有井欄刻開成四年十二月二十五日建造十三字庚子季燬於火別建昭忠寺而碩祠及井欄尚在丙辰九月與董君樾堂訪而摩挲之未幾祠由水竹邨老人改建井欄亦妥為度置矣）

癸酉三月

竹庵先生雅屬 胡玉縉題於舊都時年七十有五

紹定山河已夕陽英英史遠孫鄭亦堪傷井闌尚得留名字輸與當年王二娘 記得嚴衙是外家當時還往幾傳車斑斕石刻渾難覷拓本重翻牘歎嗟（嚴衙前庄余戚張今貽衷一昆仲曾賃居之原蘇時曾數過從竟不知有此井闌石刻不得一摩挲思之憮然）

趙潛先生屬題 正 壬午重九福州林葆恒時年七十有一

趙宋民風淳南渡國不競可憐紹定年淮海民甚病
大盜李鐵槍中朝相史彌遠鄭清之養賊戕淮民引疾奉
朝請蘇杭孰當我閧嚚民奔逬力戰揚州全朝楚婾活
慶皆紹定三年事沈郎念亡妻鑿井此月竟一泓功德水濯除宿業
淨心傷井曰勞義視齋奠正嗚呼國將亡歷民有佛
性欲以螻蟻誠稍贖塵露命徽范天水碧閱世三朝
夐播紳衙紫名此間有明盛私衙宅稱衙前倒施桑
梓嚴堂、碩衙物鄰舍敢兼併復井、何與照人大
圓鏡文人城南居意行偕共盍簪趾牆角見古澤
苔繡映七行稍磨泐刀淺筆畫勁郎君施氈椎
時彥張圖詠迴環省八面流轉歸一姓考古徵麻
祥不佞喙獨硬兩刻年月存冥想觀時政痛終聊
致語舊主可景行朱竹石康訪丈博雅能文吳人但以幹局稱之實未知其深也眼色倘開豁
題記到今更得失何足論興替可參証 癸酉夏五趙潛世大兄將
竹庵丈命見眠書謬紛披古藻間出爰撏臢義以寫予懷 迂頊居士黄樹蔚

[illegible]薦嫏[illegible]試麗語[illegible]今怡麗夫家宋明

刻字分明在，可正年紀載差。（恰，丁奪人字；正，丁奪當字）

竹庵先生正顋　涇縣胡樸安

殘碑莎草冷斜陽，妙湛莊嚴七塔荒。（嚴衍、錢衍、碩衍均爲妙湛尼寺故址，宋王岐公孫女意明大師駐錫地）最是不堪回首憶，邢常習義等亡羊。（妙湛故址有佛弟子邢邦常井闌殘刻，在史家後門，又有廿三都習義鄉人馮宗興井闌題刻，在毛寔君提學舊居。己未庚申間爲邑志局網羅放失舊聞，嘗摸拓數紙，今已無存。廉興成毀之互可知，蓋如此陵谷滄桑之感，轉瞬間事耳）

疏源鑿石問何年，南渡宗風一脈傳。施舍淨財徵塵難，檀波羅密善人緣。（江浙宋元井闌集錄均作清信士弟其眷屬塵淺不幸身亡，以鑿通方便爲懺悔超度之資，今塵亡者僧家作法，尚有焚化紙制冥器之風，即其遺意）

剔蘚捫苔見石花，沈郎劉迹妙無瑕。運丁陽九殘明紀，留後當年堪敬衙。伊祺媚古兼勤學，喬梓風流屬敬君。望信橋邊宗孟宅，楚弓楚得豈無因。

竹庵先生正題　佩諍王謇

驚心歲月思南渡猶見君家舊
井闌石不能言應自痛哉經水
剩更山殘剎而必復天之理飲
水思源記此泉改邑由來不改井
有生終見中興年

趣潛仁兄教正 菊生張元濟

此真功德水七百有餘年石轉天心見源清世澤延采雲
徵舊里杉瀆媲名泉山館留遺墨吳中韻事傳

趣潛仁兄屬題 陳敬第

彩雲舊墨歷滄桑，如許古井摩挲紀千古。算當年綺恨空訴，秦樓鴛夢盡，腸斷飛花飛絮。多情還誓願，果證來生，功德清泉漫拖與。歲月註依稀，翠墨留痕，奇緣認新銜猶頌。待汲引清芬澤綿延，幸法物傳家有人珍護。洞仙歌

竹庵姻丈命題　癸酉五月潘承弼

甲戌穀雨前三日餘杭章炳麟觀

戊寅盛夏敬觀此冊，蓋潘氏博山昆仲從劫火之餘間關維護，由吳門運至上海，故得保全。其時距竹厂丈之殁已逾三年。起潛留滯故都，吻書不佞，喜手澤之幸存，室与楹書並重，他日當歸故廬，棣萼合作，繼承先志，著述等身

是所厚望易曰改邑不改井又曰復其見天地之心　趣潛昆仲

其敬念之哉

撝初葉景葵謹識

古蹟流傳八百秋宗明題記待君搜銜名雖合

新營宅井養洊宜舊服疇群羨鳳毛能濟

美懸知燕翼善貽謀天心剝極終期復片

石摩挲吉讖留　首句八係七字之誤

趣潛大兄正題　己卯仲冬單鎮

聞史徵吳郡亨泉更復泉文留紹定刻地
合頤衙專别蘚成今有惟桑託舊壓王明
期變福井磋息烽煙

起潛學兄吟定　楊鍾羲題

片石蘚痕古溜傳八百年伏闇記風
土寶刻瑞因緣考釋諸家補留題
一壑專飲龢無食德餘澤〻蟬嫣

起潛仁兄屬題　閏盦夏孫桐

井阑天监此雄舆，宋刻摹门数了胆。尤喜泼泉题绍定，顾衔何合属君应。烬火达天石屋存，遗闻香聆试同论。何时老笔细观漫，七百年来几烧痕。

题潘仁兄所题绍定顾衔井阑

己卯冬仲 胡章伯骧

十室存忠信衆出不用名請看心
匯石真見水如城 閩方言有源之水曰有城
頗力闢晃女波瀾屬老成坂冢專
一壑井里澂餘清
趙潛仁兄吟正 墨巢李宣龔

修石歸陵探虎穴早秋執熱一侍君不須汲古求修綆二
以瓦泉相呈之
飲王敬舉阿母墩作頌余潭曲度村事以君家遠廬物
一欄護井便幽門
摘玄纏珠剝外散綴名那得句如神 戲推吾居菁苓宸七絕
何影詩慢便人 滋南作聯
趙潛學人先生 雅教
錢鍾書

衛悲一念成功德兒女鍾情亦可
傷終勝景陽宮裏井未曾家
國預興亡　剔蘇披苔舊刻
存凄然問石石何言紛紛七百年
来事重見江山半壁痕

趙潛仁兄大人屬題

辛巳六月　劉承幹

山下出泉不遠而復是汲是溉復我邦族俯仰桔槔左右脩竹樂石刊文納于大麓秉海再更叢潛散馥夫惟天難其曰可讀世法維賢澤流滲漉甘不處竭生遮使福粟里柴桑南陽杞菊是為老泉宜其遐福

趙潛仁兄屬題

遐菴葉恭綽

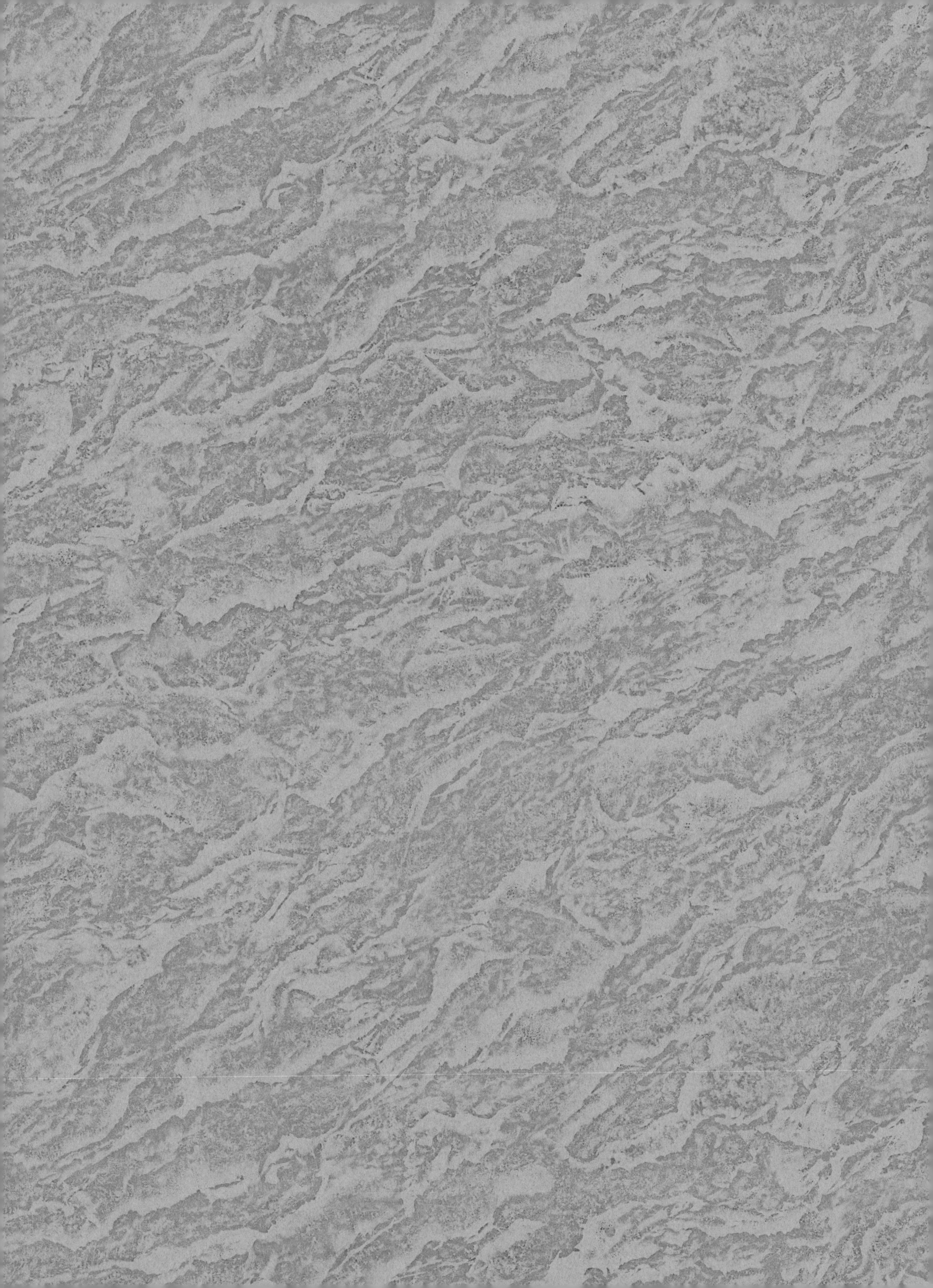